LES DEUX ELECTEURS.

ANGERS. IMPRIMERIE DE ERNEST LE SOURD.

Deux Electeurs.

A : Oui, mon voisin, puisqu'on veut interroger le pays par ses Électeurs, c'est à nous de faire aux Ministres une réponse dont ils se souviennent; c'est à nous de prononcer entre les braves défenseurs de nos libertés, et ceux qui......

B : J'entends; mais vous arrivez trop tard. Ma voix est encore retenue pour M. le Maire; je vote pour lui d'habitude. Un homme si poli, si obligeant, qui dîne chez les Ministres, et leur parle de nos affaires tout comme je vous parle !

A : Sans doute. « Oserai-je, leur dit-il avec cette liberté que le dessert autorise, oserai-je exposer humblement à Vos Excellences, que ma paroisse réclame la faveur de s'imposer elle-même pour défrayer un beau clocher, et la route qui doit conduire à mon château? » Mais de notre pauvre École mutuelle, pas un mot !

Patience ! nous en verrons bien d'autres avec vos Députés obligeans, si l'on parvient, comme en 1815 et 1822, à se composer une majorité ardente à faire et à défaire des lois à son profit, en fermant la bouche aux adversaires par trois mots plus tranchans que le sabre : *à l'ordre ! aux voix ! la clôture !* comme qui dirait : « Silence, Drôles, Jacobins, qui nous parlez encore du peuple et de ses prétendus droits. Sommes-nous ici pour ses menus plaisirs ? C'est son argent, non ses remontrances qu'il nous faut. Épurons, destituons tout ce qui n'est pas Royaliste à notre numéro ; indemnisons notre fidélité *quand même*, et la Monarchie peut dormir en paix. » De la sorte, mon voisin, on nous conduirait, et rondement, où ni vous ni moi, gens paisibles, ne nous soucions d'aller ; et cela, peut-être, en vertu de la Charte elle-même, bien interprétée, comme ils disent, dans le sens monarchique... Vous connaissez la Charte....? et, précisément, la voici en miniature sur votre tabatière.

B : Oui, mais il me semble que vous n'êtes pas là-dessus d'accord avec M. Trigaud l'adjoint.

A : Oh! ce serait merveille. Vous dit-il que la Charte de LOUIS XVIII, qui reçut sur l'Évangile, devant Dieu et devant les hommes, les sermens de son auguste frère, prescrit à tous l'oubli du passé et le respect du présent ; qu'elle ouvre la porte des honneurs, des places, depuis le garde-champêtre jusqu'au Maréchal de France, à tous les mérites également ; que si elle reconnaît le droit de se choisir des Députés, ce n'est sûrement pas pour qu'ils soient les très-humbles serviteurs du Ministère, etc., etc. : toutes choses qu'on devrait savoir avant de tirer à la conscription ?

Or, cette Charte, contrat de prévoyance et d'habileté, donnerez-vous pouvoir d'en réclamer l'exécution

à ceux qui ne lui portent qu'un attachement fort sus-
pect, ou qui affamés de titres, d'argent, de pâture
enfin pour eux et leurs *rongeantes* familles, appuie-
raient avec joie nos faiseurs dans leurs méchans des-
seins contre l'état de choses que nous voulons maintenir?

B : Avec votre permission, mon cher Monsieur, cela
paraît peu croyable et sent l'exagération. -Comment
le Roi donnerait-il sa confiance à de pareils hommes?

A : Ne nous arrive-t-il pas d'accorder la nôtre à
tels que nous croyons honnêtes, et qui ne sont qu'habiles à tout brouiller à nos dépens? Trompé comme
un Roi eût été le plus juste des proverbes. Les Rois,
généralement, sont bons; mais leur malheur est de ne
savoir pas. A travers les récits mensongers d'ambitieux
qui les obsèdent de leurs protestations de servilité, de
dévoûment absolu à la personne, *au contenu du pour-
point*, et qui n'ayant pas même cette vertu des cani-
ches, abandonnent leurs maîtres quand il faudrait les
sauver, les veulent à toute force sauver quand il n'y a
que faire; le moyen, dites-moi, qu'ils puissent démê-
ler la vérité, choisir, reconnaître un visage d'homme
parmi tant de masques? Rarement le cri du peuple
arrive à leurs oreilles, et comment encore! Heureux
si ce cri ne trouve là des échos qui le rendent
absurde ou séditieux? « Sire, l'impôt nous écrase. »
— *Ils chantent, ils payeront*, disent les courtisans;
d'ailleurs trop riches et *produisant trop;* croyez-en
Syriès, notre profond économiste. — Sire, nous res-
pectons votre personne sacrée; mais, de grâce, éloi-
gnez les perfides qui vous trompent, qui abusent de
votre nom pour nous provoquer dans nos faubourgs,
et fusiller à leurs fenêtres, comme séditieux, de paisibles marchands en bonnet de coton. » — Ah! ils ou-

(6)

tragent Votre Majesté, ils se révoltent ! vîte une chambre *introuvable* et une bonne loi d'amnistie pour
exiler ces rebelles.

Il n'est donc si mince Électeur dans son coin qui,
plus heureux que les rois, ne sache mieux aussi de
quoi il retourne et pour eux et pour nous. Autrement,
CHARLES X, dont tous les vœux sont pour le bonheur de ses sujets, se laisserait-il surprendre par une
poignée d'hommes étrangers à la France nouvelle,
dont l'air est devenu trop fort pour eux, et qui s'ac-
commodent mal d'institutions suivant lesquelles il faut
autre chose pour conduire des hommes libres, que le
mérite de plaire à Sa Grace Lord Wellington, de passer à l'ennemi la veille d'une bataille, ou d'accumuler
sur soi, par un privilége inoui, tout ce qu'un carac-
tère aventureux et violent, une éloquence *ferrailleuse*
et un passé justement flétri, peuvent soulever d'antipa-
thies contre un homme d'état ? Car voilà ceux auxquels
nous avons affaire. Voulez-vous savoir en deux mots
leur système de gouvernement ? Ignorance et pauvreté
chez les masses : tout est là. On éternise l'enfance d'un
peuple, et cela dispense d'habileté. Aussi, tout en dé-
vorant emplois grands et petits, sans compter le
casuel, les profits résultant de certaines industries, les
voit-on tourner un regard d'espérance et d'amour sur
le passé. Ah ! l'heureux âge que celui où l'on vivait d'a-
bus paisiblement, sans scrupule, sans contrôle à peine
et à la barbe de ces Parlemens criards par fois, mais
qu'un Roi sachant son métier vous faisait taire un fouet
à la main ! Qu'est-ce que le présent et ses douceurs, si
l'avenir n'est pas sûr, si une maudite Charte peut de-
main leur couper les vivres ? Il est donc urgent d'en
finir avec ce trouble-fête. On mourra, vous dis-je,
avant d'y renoncer. Lisez plutôt leurs Gazettes ; écou-

tez autour de vous ceux qui les inspirent et les approuvent. Tout ou rien, après eux le déluge. Vieux la plupart et pressés de jouir, ils n'auront cesse qu'ils ne nous aient ramenés à ces bienheureux temps de mœurs si retenues, si pures, si religieuses, et que présidèrent si dignement l'abbé Dubois et la vertueuse comtesse Dubarri. Alors il ne fallait pas tant de façons pour se débarrasser du mauvais sujet qui s'avisait d'écrire sur les matières publiques ou de déplaire à la maîtresse favorite. En vertu d'une bonne lettre de cachet, bagatelle qui ne se refusait jamais, on vous coffrait à la Bastille un Voltaire possédé de la manie d'écrire. Il est vrai que les gouvernemens absolus y mettaient quelque pudeur, quelque respect de l'opinion, et qu'on ne traînait point, comme de nos jours, à travers tout Paris, à pied, entre les gens du guet et enchaîné à des voleurs galeux, un homme de lettres condamné à faire des chapeaux de paille et des bas de coton de la même main qui venait de peindre Henri IV ou Mahomet. Un exempt en carrosse aux armes de la Cour vous conduisait en prison décemment. C'était là mesure ordinaire et de simple police ; mais, au criminel, il en allait de toute autre manière. D'abord au cachot, six mois ; un an, deux ans : le temps importait peu ; puis, l'affaire une fois entamée, point de Jury, point de ces mortelles lenteurs qui laissent à un accusé le temps de se reconnaître. Innocent ou coupable, la question avait bientôt arraché l'aveu du crime et le nom des complices ; et ainsi, sur la déposition suffisante de deux témoins bien d'accord, un galant homme pouvait figurer à la potence à côté de Mandrin, pourvu qu'il n'appartînt pas aux classes privilégiées et ne fût qu'un roturier, un vilain taillable et corvéable à merci. Car c'était alors le triomphe des priviléges, et il y en avait de toutes sortes ; celui, par exemple, qui condamnait à payer presque tout ce malheureux tiers qui, ne possédant presque rien, suait, travaillait sans relâche et sans espoir d'échapper à la misère, pour engraisser l'oisiveté du petit nombre, établir magnifiquement des essaims de bâtards, et défrayer ce joyeux *Parc-aux-cerfs* où se tenait école mutuelle de bonnes mœurs....... Mais chut! la décence ne permet plus de dire ce qu'autrefois on ne rougissait pas de faire. Si c'est là l'ordre qu'on regrette, convenons, entre nous, qu'il donnerait aujourd'hui peu de facilités pour se procurer le budget annuel d'un milliard.

B : D'où vient, monsieur, que nos présidens de collége ne nous parlent pas sur ce ton, ou approchant? Leur affaire vraiment serait bien plus sûre. Mais ils aiment mieux nous jeter aux yeux de belles phrases qui se ressemblent toutes....

A : Et qu'on pourra cette année traduire ainsi : Messieurs, c'est chose bien connue que notre mérite, que notre amour et notre dévouement sans bornes à l'autel, au trône et à nos emplois; mais apprenez ce que vous n'auriez jamais cru : La dynastie est en danger; oui grâce à vous, grâce aux 221 factieux que vous avez honorés de votre confiance. Nommez-nous donc tout bonnement à leurs places : en procurant un tel renfort à nos excellens ministres, vous ferez preuve d'esprit, de bons sentimens, et la cour sera satisfaite de votre patriotisme.

B : J'oubliais de vous dire que M. votre frère n'est plus sur la liste des électeurs; comment cela se fait-il donc?

A : Par la vertu mystérieuse du dégrèvement, qui écarte les faibles et profite aux forts : c'est la loi de société. Ces bons électeurs à cent écus! ce qu'on en fait au moins ; c'est pure tendresse, c'est crainte qu'ils ne perdent leur temps et ne s'enrhument à pied sur la route des collèges. A vos foins, à vos boutiques, à vos paperasses, petites gens de la petite propriété. Laissez faire pour votre bien les hommes de naissance, les plus habiles, les seuls capables. Oui, dormez là-dessus, et bientôt, au lieu de réduire vos rôles, on trouvera plus expédient de les renfler de centimes additionnels ; car *item* il en faut et beaucoup pour faire de la monarchie selon le bon plaisir. Outre qu'il est bien temps, M. de Polignac l'ayant promis, d'indemniser à son tour ce pauvre clergé, lui que le trésor, si économe de nos deniers, traite d'année en année avec plus de rigueur, comme chacun sait. Ah ! vous en aurez, si la sagesse royale n'y met ordre, non des filatures, des écoles mutuelles, une armée au complet, des places fortes contre l'ennemi ; de la piété fervente et modeste : si donc ! mais de beaux et bons couvens peuplés par le droit d'aînesse ; et de riches palais pour consoler l'humilité de nos prélats martyrs ; et des régimens de jolis enfans de chœur bien appris à chanter en fausset les joies de l'église restaurée ; et les prolétaires, les gueux pullulant partout, retrouvant leur soupe d'encouragement à la porte des châteaux et des monastères ; sans compter les favoris, les confesseurs jésuites et les courtisanes en crédit, aimables gardiennes des bonnes et antiques traditions....

Vous ne vous souvenez plus, ingrats, que tout cela mène droit un peuple au bonheur, sinon à la vaine gloire d'être libre, opulent, formidable à la guerre et respecté de ses voisins ! Voyez l'Espagne, l'Italie, le Portugal : là ni Charte, ni liberté de la presse, ni jury, ni élections, ni *Comité directeur* ; nulle insolente entrave de cette espèce ; c'est plaisir d'y vivre, gouvernans et gouvernés. N'était pourtant ces maudites finances, et l'embarras de pourvoir aux premiers besoins de l'état; n'était aussi que les moines, la *Camarilla* et Metternich y commandent un peu tous ensemble : il faut convenir que les rois absolus seraient passablement maîtres chez eux. Mais ici la pitié convient mieux que le rire. Que n'avez-vous fait ainsi que moi la guerre en Espagne ! Il faut passer les Pyrénées pour savoir ce que le despotisme peut faire d'un des plus beaux pays du monde. La paresse, l'ignorance, la misère, la mendicité orgueilleuse, le vol impuni, l'assassinat, la superstition sans piété : tous les vices, toutes les turpitudes y croissent et se renouvellent comme l'herbe des champs. C'est là que le trésor public est la proie des courtisans et de la banqueroute perpétuelle; là que la loi ou plutôt l'arbitraire ne parle à des mœurs endurcies qu'à l'aide d'affreux supplices; enfin c'est là que l'espèce humaine descend à un degré d'avilissement tel, que 12 millions d'habitans occupent moins la politique Autrichienne qu'une centaine d'Électeurs français.

B : Oh ! oh ! Nous autres gens de travail qui ne savons point l'art de mendier et ne tirons nos rentes ni de la Cour ni du budget, ce régime-là ferait mal notre affaire. Qui acquitterait pour nous le percepteur ? Ah ! M. Trigaud, comptez encore sur moi pour votre protégé l'ami de tous les Ministres ! Pourtant c'est un peu hardi de refuser un adjoint quand on a un chemin à réparer aux frais de la commune....

A : Oui, comptez-y, il ne mène ni au château, ni à la maison du maire et ne sert qu'à tout le monde.

B : Je m'adresserais bien à M. le Préfet ; mais ce courtisan d'adjoint serait homme à le traiter en roi, à le tromper et lui prouver qu'un meûnier sans complaisance n'est qu'un sot, auquel il faut couper les chemins qui mènent à son moulin et surtout aux Élections.

A : Mais le moyen de n'être à l'avenir un sot aux yeux de personne, d'avoir toujours en bon état vos ponts, vos routes, vos écoles, sans vous croire en retour obligé à des platitudes, ne le savez-vous pas ? C'est de bien choisir vos représentans. Une seule voix, la vôtre peut amener la nomination d'un Député libéral, et la boule noire de ce Député à la Chambre, sauver la patrie en repoussant une mauvaise loi. Qui sait ! La France vous devra peut-être son salut.

Il ne faut que du bon sens pour apprécier ce qui se passe, que du cœur pour résister, le cas échéant, dans sa dignité, dans ses droits de citoyen. Intrépide aux champs d'Austerlitz et de Champ-Aubert, le Français mériterait-il le reproche de pusillanimité dans la vie civile ? Les verrait-on pâlir devant la contrainte du percepteur, réclamant au nom de l'Anarchie un impôt illégal, ceux dont le front se redressa sous les feux de la mitraille ? Il s'agissait de gloire alors ! Mais la liberté, est-ce donc une conquête moins glorieuse et moins difficile que Vienne et Moscow ? Nous laisserons-nous arracher ce noble prix de 40 ans de combats et de pénibles sacrifices !

Quoi qu'en disent nos optimistes, qui ne voient jamais rien à craindre pour être dispensés de se prononcer et d'agir, la crise où nous sommes est grave; elle renferme pour long-temps peut-être nos destinées. Il y va de l'honneur ou de l'infamie, de la prospérité ou de la ruine; il y va de la vie qu'on laisse trop souvent dans les querelles publiques. Rester neutre désormais est d'un niais ou d'un lâche. Sachons donc, mon voisin, quand le moment d'élire viendra, nous montrer ce que nous sommes, peuple depuis long-tems majeur, sage s'il en fut, parce qu'il peut attendre et que le sentiment de sa force l'élève au-dessus des basses calomnies dont il est chaque jour l'objet, digne en un mot d'intervenir personnellement dans ses propres affaires. La Charte est son brevet d'émancipation. Mais il se faut aider pour que le ciel nous aide. Croyez-moi ; si juste que soit notre cause, des miracles ne se feront point pour nous sauver; ceux du moins qu'on opère de nos jours ont une destination bien différente. Quelque nombreux que soient les amis de la Monarchie constitutionnelle, jamais ils n'eurent plus pressant besoin de se concerter, de s'entendre, d'unir tous leurs moyens d'influence, toutes leurs forces pour arrêter les insensés qui voudraient substituer au régime de la Charte les formes décrépites de la Monarchie absolue. Alors seulement nous aurons bonne grâce à nous vanter d'un patriotisme dont les médiocres résultats jusqu'ici feraient un peu douter. Alors plus de destitution à craindre quand on osera préférer le *Globe* à *la Quotidienne*, et le candidat libéral sans ambition, à l'homme se pavanant sous les livrées du pouvoir. Plus de gendarmes qui empêchent vos garçons et vos filles de danser en place publique et sous les yeux de leurs mères, lorsqu'ils pourraient faire pis; et s'il arrive qu'un pauvre diable s'occupe par hasard, un jour de fête, de gagner à la sueur de son front le pain de ses enfans, qu'il ne soit plus signalé au prône et damné par *ces jeunes Lévites d'un zèle trop ardent*, comme a dit un sage Prélat; (*) attendu que le ciel qui nous imposa

(*) M. l'Évêque de Beauvais.

le travail comme source de tout bien, de toute morale, accueille dans sa miséricorde des prières faites la bêche à la main.

Et nos finances? Doutez-vous que chacun de nous ne trouve son profit à ce que les *chiffres* de nos Excellences soient examinés d'un peu près, et par d'autres que par leurs frères, neveux, cousins, amis et dévoués serviteurs de tout grade? Oh! qu'il y aura de mécomptes, de petites vanités condamnées à la déchéance, à l'économie, du jour que la haine de nos libertés ne sera plus le premier titre à d'énormes salaires! Cela sera fâcheux, très-fâcheux pour nombre de fainéans *désappointés*; mais en revanche, n'est-ce rien que l'ordre mis partout pour le plus grand soulagement et la meilleure éducation du peuple; que l'impôt utilement réduit sous le contrôle de nos Députés, ne tarissant plus sans pitié, sans prévoyance, les principales sources de la fortune publique?....

Électeurs à cent écus, Électeurs à mille, à dix mille écus, faites donc, pour votre honneur, triompher cet ordre admirable. Essayez-en dans vos intérêts personnels, par amour de la paix, par égoïsme ou par orgueil national : il n'importe ! Mais sortons, sortons à tout prix de l'état de malaise et d'abaissement où nous traînent, à la suite des nations, les ténébreux complots d'une faction anti-française. Ce ministère flétri qui la personnifie, frappons-le au cœur avec l'arme que la loi prévoyante a mise dans nos mains. Qu'il tombe devant l'énergique indépendance de nos votes; plus tard il ne tomberait qu'à la suite de malheurs incalculables. Nous tous, à quelque rang que nous soyons placés, amis sincères du Trône et de nos libertés en péril, ô mes concitoyens, préparons-nous bien à la lutte qui s'apprête. Si notre incurie nous ôtait la victoire; ou si des coups d'état, mettant le sabre à la place du droit, livraient tout aux hasards de la force brutale ; peut-être ne serait-il plus humainement possible de conjurer ces tempêtes fatales qui ébranlent les palais plus que les chaumières.

B : Allons, allons ! je voterai pour ceux-là qui la veulent franchement cette Charte, avec les belles et bonnes choses dont elle accouchera quand il plaira à Dieu, ou, comme vous dites, quand nous aurons le bon sens de faire notre devoir aux Élections.

D.